KB264161

가시도 예전엔 꽃눈이었지

한솔아 시집

가시도 예전엔 꽃눈이었지

시지시

序 詩

- 그대 닮은 아이

기다림으로
살포시 피어오르다
기어이 사그라지는
비눗방울일 줄 알았지요
내 안의 숨결 모두어
그리움 매달고 살아갔던
풍선같은 부풀음
당신은 아시나요

맑은 울림이 그리워
바람 속 헤매던 날
참으로 아득했어요
애절한 그리움이 무엇인지
깊은 눈물이 무엇인지.......
그 마음 손 끝에 떨리어
밤새워 끄적이면서
부치지도 못한 편지 한 장으로
알아가던 당신과의 밀회

삶의 골목을 비껴가는 동안
꽃비가 내리던 일방 통행길
넝쿨 줄기 돋아난 가시에
눈길만 닿아도 아릿하고
애틋하게 몸부림하던 오월
당신에게 입 맞추고 기대어
점점 무거워가던 몸

등잔불 아래 몰래 감추고
단 한 마디 못한 채
풀잎의 상처에도
눈물겹도록 쓰렸던
그대 분신의 한 톨의 씨앗
내 안에 파고들어 자랐지요

양수에 오므리고 앉아
몸부림하던 태아의 몸짓
내 안에 포옥 묻혀
영혼의 발길질 할 때마다
방 안 어둠을 내몰며
샛별로 떴다가 사라지던
열 달이란 날들

허리가 끊어지듯 아랫배 앓다가
새벽녘에야 해산의 고통 끝에
당신을 닮은 아이
탯줄을 끊고 울음 터뜨립니다
양력 봄월 꽃망울생 아가

햇살이 부시어
이제 갓 배시시 눈망울 뜨는
나의 詩
강보에 포근히 싸서
세상으로 조심스럽게 내보냅니다

- 나나를 위하여 -

차례

2. 내 안의 바다

3. 수채화로 흔들려

4. 한 줄 바람에 기대어

I

먼 그리움 속에서

가시도 예전엔 꽃눈이었지

시샘 바람에도
쓰라려하지 않던
몸짓
장미 줄기 어루며
눈 뜨려했던
작은 꽃눈이었지

부스스 내리는
봄비에 입 맞추며
한껏 속살거리다
꽃망울로
벙글거리고 싶었던
사랑 하나

살점에 얹히어
뜨거이 앓은
그리움의 자국
한 점 불티에 뜸 뜨이다
빗방울에 갇혀
아아아 몸부림하며
가슴에서 식어버린

꾸둑살

어느 꽃의
아무도 모르는
눈물 생채기였을지도

가시도 예전엔
꽃눈이었거늘

이슬꽃

말갛게 피어나
밤 새
내 가슴 한 복판 떨구고 간
눈물 꽃

그대 머물던 새벽
미명으로 피어나

깊은 설움으로
사위어 가고

애처로운 속울음
너무나 조용해서

훗날 내 가슴에
영영 지지 않을
꽃망울이여

잠시 머물다 가는

그대 앞에
홀로 피는 작은 꽃망울

한두 송이
고개를 들지만
맺혔다 사위고 마는
무지개일 뿐

대롱 끝 매달려
바람결에 머물다 가야만 하는
속내
아시기나하나요

그대 안에 젖을 수 없는
기름 꽃이기에
꽃말은 말할 수 없습니다

오늘도 잠시
커다랗게 부풀다 지는
비눗방울이지요

꽃사과를 보며

올망졸망
젖무덤 물던
계집아이 둘

앙증스런 입술
쫑긋이며
아망 떨더니
어느 듯
볼살에 든 풋내

귓볼 땡겨
입 맞춘
뽀얀 이빨자국은
꾸둑진
그리움의 티눈으로 남았네

잎새 떨궈진
가지 끝 절망에
속절없는 가을
깊어가건만

치마폭에 묻힌
낡은 사진 한 장
빙긋한 웃음은
에미 입가에 깃들고

하늘가에 흐드러진
꽃사과 빛은
딸들 잠투정이 빚어낸
젖비린내 향

붓 꽃

붓꽃처럼 살련다
후미진 산 속
길 섶
오가는 사람
마음소리 엿들으며
아무도 모르게
오롯이
귀먹은 척
살련다

한 포기
가난한 뿌리내려
새벽마다
푸르게 눈뜨는 꽃

세상 노래
살그머니
바람 통해 들으련다

이슬에 머리 감고
살련다
숲 향에 취해

별빛 속에 묻는다

가슴 안에
꽃씨 하나
뿌려놓고

비 올 때마다
어둠 속 씨익 웃던
까만 꽃씨

성냥 그으면
환히
꿈결에 춤추는
너
너

꽃불 입고 흔들리는
그리움
별빛 속에
아스라이 묻는다

녹슨 철길에서

녹슨 열차길
세월의 마디마디 짚으며
코스모스꽃 숲
헤치어 걷는다

바람의 길목
흐르는 나의 노래
아스라이
노을에 풀어놓고

풀꽃향기 보듬어
창마다
그리움 매달아
손 흔들면서

먼 길 아득히
달려달려

하늘가에
흐드러이 피어난
송이송이 뭉게구름
담뿍 안아본다

등이라도 기대면 좋겠네

등이라도 기대면 좋겠네
가슴 서늘한 날
갈라진 나무뿌리 등 대고
어디서부터 녹는가 흘러내리는
봄물 소리 들으면 좋겠네

자욱이 낀 나무줄기 보듬어
틈새 서로 맞대고
너와 나
지나가는 새 울음
귀 담아도 좋겠네

꽃눈 돋아나는 나뭇가지 사이
아롱아롱 터지는 햇살
가만히 눈 감자
가만히 눈 감자

어디메서 들려올까나
동박새 울음소리
저어기 서늘한 숲 안개 그늘에 가려
터질 듯 말 듯한 꽃망울

망울망울 속울음 부둥켜 안 듯

아
피 울음 동백숲
그리웁네 그리웁네
뜨거운 숲
가슴 시리우면 눈 뜨지 말지

헤진 옷자락 추슬러 다가오는 봄날
짧은 이야기 하여도 좋겠네
등이라도 기대면 따스하겠네

시나브로 그대 역으로

그대는 종점
아스라이 꿈속에 피어나
내 안의 바람꽃으로 가득한 곳

해거름녘 빈 플랫폼
까닭 없이 설레이는 정액권
햇무리 긴 그림자
주춤거리고
차창 밖 돌무지 들풀 사이
그대 머리칼 날리는 간이역
몇 개를 더 지나야 다다를까

끝없는 울림
흔들어 줄 손길 없지만
녹슨 철로 영혼의 평행선
언제나 초점을 맞추려나

마침표 없이 지나온
바람 끝에
뭉게구름 피어올라
나를 부둥켜안네

쑥부쟁이 한 아름 품고 저무는
노을 속의 종점
기다림 이어가는
내 그대 역

우리도 이런 사랑을 할 수 있을까

동작 대교 위
바람보다 더 먼저 달려가는 기적소리
멀어지는 레일 아래 퍼지는 노을 따라
강물이 흐른다

어디선가 들리는 피리소리
허리 끈 부여잡고 걸어가는
맹인부부 눈에서 노랫소리 구슬프고
기차는 내사 모른다며 달리기만 한다

수란스러운 사람들의 목소리
오천 원짜리 디지털라디오 주파수
햇살에 울먹이고
발바닥 끌고 가는 앵벌이의 삶 하나
또 무릎 위에 올려진다

거절하듯 눈 감았다 다시 뜨면
무릎뼈 마디마다 삶에 부딪혀 삐거덕거리는 소리
전동열차의 바퀴 굉음 지르듯 묻기 시작한다

답 쓸 공간이 없다

가속으로 달려오는 물음표들
한강의 물살을 일제히 클릭하며
새의 날갯짓으로 올라 연 꼬리로 날리운다

주머니 안 꼼지락거리다
옆구리에 끈을 묶은 눈먼 부부 앞에
뗑그렁 던져진 동정
그들은 바구니에 떨어진 소리 주워
동전 한 닢의 사랑을 먹는다

눈 감고도 서로의 눈빛 반짝이며
곡조 맞추는 저들의 노래처럼
우리도 이런 사랑을 할 수 있을까
풀잎보다 여린 피리소리로
허리에 묶인 행복을 노래할 수 있을까

감자떡을 먹다가

하나도 버릴 것 없는
감자떡 삼키다 말고
울컥
어머니 떠올라 울먹입니다

하얗게 썩은
당신의 질곡
그 앙금살로 자라온 우리

흔적 없이
다 내어주고 돌아간
사랑만
빈 접시 위에
눈부시도록
수억의 빛살로 꽂힙니다

어머니의 겨울 강

얼어붙은
새벽녘 산그늘 강
바람결 더듬어
어머니 지나네

홑치마에 휩싸이는
걸음마다
가슴 언저리를 도는
눈보라
강물을 덮을 때

미끄러지는
고무신 아래에서
하루의 무게만큼
한 겹씩
두꺼워지던 강물

입김으로 내부는
콧노래 흥얼거림에
흐르는 물 속
실눈 뜬 물고기들

바위틈에서 졸고

똬리에 얹히어
보따리에 묶인
삶을 나르며
겨울 강은
목쉰 바람 속에서
쩌렁쩌렁
어머니의 세월을 울린다

아카시아 숲에서

오월이 오면
당신의 가슴에 묻고 싶어요
내
때 묻은 볼을

나뭇가지 사이
모성이 걸릴 때
목감기 앓다가

홀로다 싶을 때
슬며시 다가와
이마 짚으시는
당신의 까칠한 손길

뻐꾸기 울음으로
얼룩지는
아카시아 숲

부르면
하얗게 달려오는
어머니
어머니

꽃불이 필 때면

연분홍 꽃등 달고
나무들이 출렁인다
머리칼에 불 당겨
허리에서 타오른다

그리움 사이로
사랑 태우는 꽃들

꽃불 사르는 무렵이면
덩달아 사랑이 핀다

향기의 끝 더듬으며
내 안에서 곱게 핀다

풍경 소리

고요히 흔들어 깨우면
그대
산사의 바람결
노 저어 올까

추녀 끝 마음 달면
그리움
덩그렁 거리며 눈 뜰까

깊은 숲속
티티새의 울음
마타리꽃으로
흐드러이 진
별의 흐느낌까지

침묵 속 떨림
바람에 길들여진
내밀한 반란들
고이 품을 수 있을까
저 소리 들으며

꽃비 내리는 오후

꽃비 내리는 오후
그대는 알까
스무 살의 꽃 진 자리를

홀연히 드리우다
하얗게 허물어지며
바람결에 분분히 진 바람꽃

향기 없어 애태우며
뿜어 내리던 꽃잎의 입김
맨발로 서성이며
머뭇거리던
창가의 기다림

자욱이 유리창에 어리는
내 스무 살의 꽃 진 자리
알까 그대는

바람 속 뒤척이며
소리 없이 앓던 그리움이기에
비 보다 긴
이 속울음을 ……

바람개비핀을 꽂고 싶다

머릿결에 흘러내리는
상념 틀어 올려
바람개비핀 꽂고 싶다

어둠의 무늬
날려
일상의 뒷모습으로
몸부림하며
그리움 섞어내는
바람개비 핀

머리카락 흔들어
어지러움 털어내는
무지개 웃음
그대 안의 빛으로 외치는 날

달려오는 햇살 한 줄기
칭칭 휘감아
휘파람부는
바람개비핀을 꽂고 싶다

촛 불

온몸 누르며

흐르는

어둠의 절규 속

흔들릴수록

꽃망울 터뜨리는

몸울대

흐드러이 피어나라

열망, 詩의 자태여

억새밭에서

반백의 머리칼
풀풀이 날리는
한 자락 세월 품고

서걱서걱
낮은 몸짓으로 노래한다고
시린 옆구리
비켜가는 노을
힘없이 엷어지네

스치던 시간들
목쉰 울대라며
몸부림한 일상들은
바람소리로 허물어질 뿐

하염없이 헝클어진
널 향한 긴 그리움

뉘 들으련가
뉘 안아 주려나

그때로 돌아가고 싶다

친구야
빌딩 숲 사이로 땅거미가 밀려온다
엉킨 전선줄에 시름 걸어놓고
오늘따라 그 시절 노래를 부르고 싶다
산골 내음 맡으며 도란거리고 싶어

친구야
유난히 달맞이꽃이 만발했던 들판
쑥대밭 허부적거리면서
반딧불 잡으려고 손뼉 치며 뛰어다녔지
그때로 돌아가고 싶다

가마니 깔고 누워 뚝뚝 떨어지는
별 한 움큼 움켜쥐고
쏟아지는 별빛 속에서 꿈들 펼쳤지
밤마다 부싯돌 두드리며 파랗게 불 켜던
그 여름밤으로 돌아가고 싶다

돋아난 잎 훑어내고 그늘에 앉아
아카시아 줄기로 머리칼 말아 올리던 우리
다시 모여 세월의 잎 뜯어내며

그때로 돌아가고 싶다

분이 이는 돌 으깨어 얼굴 문지르며 키득거리던 그때
나무 그늘 아래 공깃돌 감추고
시꺼멓게 오딧물 물든 입술 문질렀지
해 저문 줄 모르고 운동장 그으며 손뼘 재던 우리
다 빼앗은 땅 다시 덤으로 주던
그때로 돌아가고 싶다

책 보따리 풀어 제치고 강물 속 뛰어들어
다리 끄댕기며 멱 감고 나서
뜨겁게 달군 돌멩이 귀 대어 두드리고
귓물 뽑아내며 지칠 줄 모르며 부르던 노래
돌베개 베고 누워 강물에 흘려보내던
그때로 돌아가고 싶다

소나기 내리면 호박 잎사귀 꺾어
너에게 주고 젖은 러닝 속 젖살 움켜쥐고 뛰다
추욱 쳐진 처마 밑에 떨어지는 빗방울 세며
젖은 얼굴로 맞대어 실없이 웃던 우리
그때로 돌아가고 싶다

가을 들녘에서

아득한 별 바라보다
돌연 시려오는 옆구리
아무래도
피돌기가 있으려나

밤이슬에 젖는
그대 편지
갈잎으로 누워
들녘에 스러지고

지난여름
비릿한 콩꽃 위에
살포시
내려앉던 별

어쩜
분꽃인지도 몰라
콩 줄기에 굴러 내리는
까만 별
온 힘으로 싸안는
한 떨기 꽃이거늘

꽃술 달린 주머니
가슴에 들여다
부싯돌로
파랗게 불꽃 그을테야

그해, 오월의 향기

딸 아이 꼬옥 안으면
갓 몽아리진 젖가슴에서
오월의 장미향이 난다

마악 터지려는
꽃봉오리의 떨림
박동을 듣다가
어느새
꽃잎으로 피어나는
한 송이

나의 나나.......

너의 성숙에
눈물겹도록
눈물겹도록
단 한 마디 하지 못한 채
까맣게
가슴이 탄다

가을 나비

길 눈 멀어 날아와
들꽃 내리짚은
촉수 끝
눈시울 베어나

향기에 얹혀
너울거리는 춤사위
어지러이
노을을 접는구나

이 해
가을의 첫머리
기나긴 애기 풀어
바람 끝에 맴돌다 가는
파장

다시 한 번 부르면
그대
가슴까지 멀어
어디론가
아득히 날아가 버리겠지

낙우송落羽松을 보며
- 천리포수목원

늘 함께하자던
저 바다 건너 낭새섬 그리며
물가에 서서
님 향한 날개 모았는지 몰라

죽지 내려 쉬다가
이슬에 발목 채이고
부리 닳은 그 새는
비비비
한밤 내 울었는지 몰라

온다던 님은 무심하고
먼 하늘 별빛 주워
물속에 띄워 놓은
사랑
아련히 품었는지 몰라

하늘에 말리고
땅 속에 묻은 그리움
무릎 휘청거리면서
꾸욱꾹

이 못가 떠돌았는지 몰라

홀연히 비워진
그 님 이름 위해
새는
달빛 속으로 지는 한 잎으로
깊은 밤
소리 없이 흐느끼는
깃털이 되었는지 몰라

첫눈 내리는 날

사랑은 잠시
춘곤한 봄날
나를 일으키며 녹였지만
말라비틀어진
생애의 그늘
물 한 모금으로
잠시
적시고 가는 것이 무엇이련가

기침을 하면서
내 몸의 바이브레이션을 알았고
하얗게 첫눈이 내리는 날
떨림까지도 알 것 같네

순결
결혼
몸이 무거워지면서
아이를 낳았지만
태반에서 떨어진
살점 하나가
비로소

눈덩이처럼 커갈수록 아프다는 걸

내 생애에 들어와
한 잎의 눈송이처럼 피어
떨어진 순수들
몸에서 차곡차곡 쌓여지던 것
마음에서 녹아내리는 것
모두가 무엇일까

헐벗은 영혼 위
첫눈이 내리는 날
난 왜 까맣게 목이 타는 지

쉼표였음 좋겠어요

누가 뭐라 해요
당신은
맑은 쉼표였음 좋겠어요

뜨락 한 모퉁이
꽃가지 가시 끝에 맺혀
가끔 서투른 몸짓으로
흔들려
흔들려
부서지지만

숨 가쁜 악상 속
노래하다
지친 가슴 멈추면
살포시
목마름 축여주는
한 방울 이슬로

저 오르간 악기처럼
울림 안고 달려와
영혼 토닥이는

말간 손길

누가 뭐라해요
살아가는 동안
당신은
곤고한 詩 속에
잠시 위안의 숨결
고운 쉼표였음 좋겠어요

II

내 안의 바다

내 안의 바다

언제부턴가
앙금 일구며
자욱히 가라앉던
내 안의 그대

치맛자락 울걱이는
파도에
그리움 풀어 놓고
못내
아쉬움 추스르면서

거품으로 떠내려간
삶
지친 날개 휘저으며
물결 재우다가

부옇게 뿜어내는
혼자만의 사랑
빈 뱃머리에 묶어 놓은
기다림은 뭘까

등 뒤로 숨은
섬 하나
부여잡고
또 제자리인 것을

파도에 젖은
갈매기 울음 속에서
별 바라기하던
바다
귀 막은 채
새벽의 실어증을 앓는다

돌 섬

언제나
그 자리의 침묵으로
한 마디 변명 없이
꿈꾸는 섬
문 두드려도
열리지 못하는 상념의 바다로
나는 간다

파도의 멍울
손자국 밀어내며
허허로운 갯터에서 산란하는
새 떼의 울음
안개 속 떠돌다
흔들리는 바다 속에
나를 가두고
가슴 안에서 마냥
커져만 가는 돌섬

이유 없이 찔리는
담낭의 통증처럼
긴긴 날
돌소금 기둥이 될

이 침묵의 언어여

하고픈 말
노을에 푹 절여 놓고
베돌아진 돌 하나 뽑아 던지듯
저문 바다에서
그대를 지운다

무의도無依島 앞 바다에서

해거름 때마다 둑방 너머
갖다 버린 눈물
바닷물로 출렁이고
겨드랑이 끼워 둔 울음
물 밑 끈끈한 뻘로 후적인다

살아온 등짐 추슬러
한 뼘도 안되는
무의도 앞 바다
잠시 위안을 던지는
뱃터의 기다림

오래도록
가슴 비껴간 숱한 고뇌들
뱃꽁무니 스크루에 휘말려
깊이 함몰되지만

생체에 떠돌았던
엔돌핀
설레임으로 이는 갈구
소리 없는 갈채들

물보라로 떠올라

뱃머리에서 마주하는
너와 나 눈빛 바다
행복 햇살로
눈부시게 반짝인다

밀 물

달려온 만큼
커지는 그리움 어떡하지요

여린 가슴
살포시 제치고
밀려오는 그대
어쩌지요

해거름녘 어눌한 말씨
더듬거리는 고백
어이 한다지요

새 떼 울음 저미는
바다의
슬픈 이야기

낯설어요
이토록 눈 감아도

한 올 바람 끝에서
뒤척이는 당신

뒤돌아 볼 수 없네요

귓부리 부여잡고
돌아앉은 무릎 아래

당신
파도 일구며 돌아오네요

바람에도 길이 있네

물거품 쏟으며 쓸려오는
파도와 파도사이
하얗게 이는 바람
바람에도 길이 있네

흔들리는 옷깃 사이로 스치는
빛바랜 기억들
그 길로 달려오네

신열을 앓으며
쓰러져 간 발자국
한 줌 울음
바람은 알고 있네
누구의 질곡
누구의 그리움인지

모래 속에 묻혀 보일 듯 말 듯
속으로 놓인 아픔
다는 알지 못하고
내내 푸른 소리로 질러오는
길이 있네

어느 포구 스케치

손칼국수집 통유리 포구가 펼쳐진다
둑방 멀리 물결 울컥 뻘 삼키고
새들은 바다가 흘린 비린내 건져 올린다

뱃고동 멈춘 배들 물때 기다리며
햇살 가득 담아 출렁이고
입춘 지내온 바람결에
관광버스 한대
마을 어귀에 다다르니
잇따라 내리는 노인들 뒷짐
굼뜬 발걸음 둑길에 오른다

희끗희끗 머리칼 나부끼며
조개구이 내음따라 일행이 사라진 뒤
지팡이 짚은 노인 하나
틈새 빠져나와 허리춤 펴며
떠듬떠듬 바다를 읽는다

새들의 날갯짓으로 안겨오는 얼굴
파도에 휩쓸린 아내의 목소리
섬 가까이 물보라로 일어온다

굵은 주름 결에
흥건히 번져오는 노을 속에서
갯바위 물거품만 바라보는 노인
그대로 바다를 품고 앉았다

홀로 떠 흔들리는

버얼겋게
잇몸 욱신거리던
사랑니 같은
삶 하나 뽑혀 나갔다

텅 빈
어둠의 자리
그리움 한 잔 부어놓고
쓴 갯바람에 취하는
알섬

철탑 위 닳아버린
먼 별빛 더듬다
허기진 가슴
달빛으로 채우며
휘청거리는
물너울 안아본다

이젠
허리춤에서 앓아야 할
파도

부딪히는 순간마다
푸른 가을의 변주곡으로
떠
흔들릴 몸이라

홀로 떠 흔들리는 것은
너뿐만 아니리라

파도는 얼어붙어

눈발
입술에 닿아 녹을 때
혼자임이 힘들어
하얗게 날지 못하는 눈송이
한 톨의 보리밥알처럼
가슴 안에서 뒹굴고

비비지 못한 된장찌개처럼
한 숟갈 사랑 퍼 내리며
어둠을 끌어안는
내 품의 겨울 바다

한번만 내 벗하여
힘겨운 쭉지
쉬어가라 쉬어가라
손짓하여 부르지만
귀먹은 물새 울음
멀리 아득하여라

한밤 내
파도 소리 보채다가

성에로 얼어붙어
유리창에
하얀 입김으로 피어나는
그리움

을왕리의 노을
- 2004년 마지막 날

수십 해 가슴 속 숨어
꿈틀거리며 앓던
사랑의 멍울 싸안고
선녀바위 앞에 엎드려
하혈하는 겨울바다

부어 오른
목젖의 울혈 마다 않고
가는 해 아쉬워
바람 끝 잡고 우는
파도

붙잡힌 시간은
서녘 수평선 위에
참았던 울음 터뜨리고
수없이 꿈결에 돌던
이명耳鳴 흔들면서

이유 없이 찾아든 어지럼증
팔뚝에 꽂은
한 방울의 베노훼럼으로

긴 세월 보채다가
아랫배 子宮 떼어지는
수술의 날처럼

을왕리의 노을 2004년
너의 이름은
마지막 단 한 번
폐경에 몸 떨며
바
르
르…….
눈을 감는다

III

수채화로 흔들려

나비를 따라

꿈틀거리는
잠결이었다

햇살
그 눈부심 안에
옴지락거리던
촉수

실낱같은
꿈 따라
빛가루 떨구며

아지랑이로
너울거리는

먼……길

산길 더듬어

둑길 돌아
휘청이며 흘러오는
샛강

물기 먹은 움버들
아득히 손짓하면

보리 이랑 휘젓는
바람
홀치마 감아 오르고

아낙의 풋풋한 호밋날
씀바귀 더덕 향
더듬거리다 캐어낸
아련한 첫사랑

주저앉은 바위에서
몰아쉬는 숨
수풀 속 눈길 돌리면

어느새 참빗살나무

홑잎 틔는 소리
아지랑이 꼬물거리는
산길의 봄

아가위나무*의 봄

자욱한 안개밭 지나
오르는 샛길
때까치 우짖는
떡갈나무 숲
가랑잎 밟으며 걷는다

바람 머문 자리
작은 열매 품고
겨울밤 지새운
너

큰 나무 뒤 나직이
잔가시에
산새 울음 자국
뾰루지 않으며

잎망울 마다
몰래
햇살 터트리는
아가위나무의
봄

---

* 장미과의 낙엽 활엽 교목. 높이 6m가량. 초여름에 흰 꽃
이 피고 가을에 붉은 열매가 익음. 과실은 '산사자(山査
子)'라 하는데, 약용 및 식용함. 골짜기나 촌락 부근에
남. 산사(山査). 아가위나무.

부두의 바람

겹겹이
바다는 빛살 일구고
안개 휘젓는 갈매기
연푸른 빛 뿜어내며
물빛 덧칠한다

뱃문 열리어
바람 자락에 끌려온
섬 이야기
보따리에 꽁꽁 묶여
한꺼번에 터져 나오고

　외투자락 쩔은 장땡 바람. 노인의 눈까풀 얹혀
조는 바람. 할머니 보따리에 묶여 꿈틀거리는 바
람. 아낙 치맛자락에 매달린 꽃바람. 철부지 말장
난 까불리는 바람. 실어증 중년 입술에 달싹이는
바람. 그리고 두 남녀의 끼 바람……

한 컷씩
파고드는 샷터 속 그림
부두의 바람은
푸르다

숫처녀 가슴처럼

덕진호의 봄빛

물 위에 떠올라
하늘을 보듬던 연꽃
마른 대궁만 남아
호수에 꽂혔다.

줄기 매잡고
뿌리 내린 물풀과
그 사이 비집고
노니는 물고기 떼

구름다리 발자국 소리 들으며
한없이 몰려와 입질 하고
이끼 삼킨 가물치
우물우물 봄빛을 되울린다

퍼져 내리는 봄 햇살
연밭 속으로 녹아 흘러
호수 가득 하늘 담고
시비詩碑 감돌아
푸른 눈망울로 뜬다

종이꽃을 접으며

밤새우며
꽃을 빚습니다

몇 장의 주름지
겹 두른 뒤
잣대 누르고 자르지요

그어진 바람 획에
잘려나간 낱장들
추슬러
무딘 칼등으로 끝 훑으면

한 잎씩 보듬겨
손끝에 떨려
봉긋 피어나는 꽃잎

살포시 품 안에 기대어
향기 뿜는
꽃송이들의 숨결
방안 가득 머물다

먼 하늘
별빛 노래로 날아가지요

지수당* 1
− 남한산성

청솔모 갉아먹은
잣송이 껍질 줍다
푸석푸석 비워진
인조의 가슴을 만지고

맞은바람 세월
수백 년 일세
잣나무 배꼽에선
풍악 소리 울리고
지나는 이 흥겨워
가을을 노래하네

淵잎에 오르려
끙끙거리는 거북
등걸 위 역사는
질곡의 세월일세

불거진 뿌리 위
간신히 몸 내린 질경이 하나
물이끼 가득하여

비린내 품은 연못
병자호란 포성에 귀 먹었네

지수당 2
- 남한산성

山成의 하늘 떠받치다
목 휘어진
코스모스 대궁
옛 가락처럼 휘청여
물결에 얼비치고

초가을 햇살 한 점
입질하여
물속으로 나르는
잉어 등결 따라
미끄러진 역사
이끼로 가라앉았네

아무리 후적여도
깨이지 않는
그 오랜 정적 안고
지수당은 영영
파란波瀾에 눈 감았건만

이미
눈 속의 들보가 되어버린

사랑가 안고
가을바람 한 소절 읊조리며
깨진 쪽달을 건져 올리는
宮人의 눈망울
꼭
지수당을 닮았네

행궁 앞에서
– 남한산성

님이 오실 때마다
살랑이는 잎 춤을 추며
소리 없이 가을맞이했던
느티나무 한 그루
빈 뜨락을 지키고

정갈하게 차려 입은
여인의 치마폭처럼
부스럭거리는 바람 소리에
분내를 뿜는 달빛

그 옛날
님을 품기 위해
하늘 아래 솔숲
행궁으로 내려오던 달이었거늘

떨어지던 잎새 소리에 묻혀
한 줄기 바람은
붓 끝 적시는 님의
사랑가 되었네

단소 소리에 귀 기울인
한 소절 한시韓詩
행궁은 한밤 내
여인의 신음을 듣네

단감나무 아래서

파아랗게 깊어진 하늘
주렁주렁 열리는
아스라한 추억들

가지 끝
매달린 홍시
잇따라 바람 흔들며
투
둑
투
둑
가슴에 떨어지는
무명치마의 女心

얼떨결
한 입 눈물을 베지만
내내 떫은 맛
어찌 감껍질뿐이랴

치마폭에 담아
벗겨내며 깨닫는다네
달근한 속살과

들어앉은 씨
배아胚芽
그 여생의 진실인 것을

IV

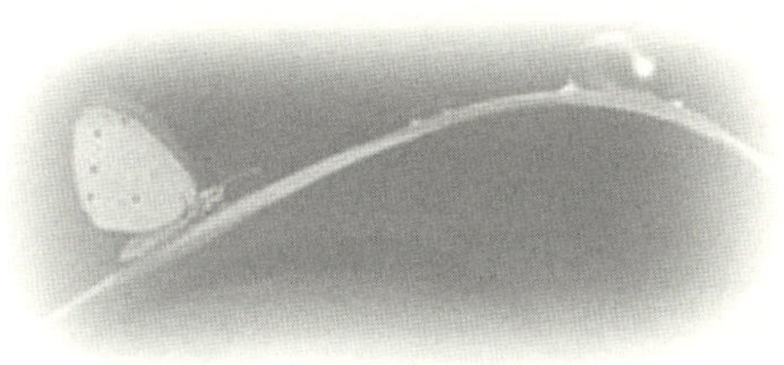

한 줄 바람에 기대어

소금 바람
– 우음도에서

바다내음에 젖었던
섬길 돌아
파도 자국 얼룩진
갯벌
쓰러지는 갈대숲 걷는다

발그랗게 돋아
노을 속에서 해실대며
함초 위로 불어오는
소금 바람
먼 구름 부둥켜안은
갈대의 허리 흔든다

떠도는 우음도牛音島
수억 년 떼개비 붙은
설화 말리며
바다의 세월 건드리다
화석에 잠든
공룡 알의 숨소릴 깨운다

어디선가 헤매던

낯선 풀씨들
갯바람에 날아와
돌쩌귀에 뿌리 내렸다지

구멍 뚫린 바위섬
살포시 몸 기댄
풀꽃들의 노래 풀어
휘저어 오다가

햇살 덮고 잠든
조가비 무덤에
하얗게 쓰러진다

그 남자의 옆구리
– 산재 5병동

막장
사십 평생 굴벽을 뚫었다는
순봉 아범
지하갱보다 어두운 병상 속에서
살에 구멍 내고 누었네

뚫어진 옆구리 들어간 수액이
온몸 휘젓다가
눈물로 뽑혀 나올 때마다
그게 모냐 소리 없이 혀를 차는 물음
한마디 추스르지 못하고
껌벅이는 퀭한 눈동자

신장 투석에 뇌경색이라
돌가루 덧께 낀 가슴
가쁜 숨결로 울리는
태백선 열차 따라
지워진 세월 속으로 내달리지만

붉은 바윗돌 매달아
시커멓게 이끼 낀 질곡 안고 흘렀던

탄광촌의 개울물은
긴 투병
옆구리 구멍으로 새어나와
순봉 아범의 눈물이 되었네

갈대 有情

가을의 손길로 피워낸
그 솜꽃 꺾지 마라
바람아

허리 으스러지도록
졸라맨
생존의 띠로
어둠을 안고

목젖에 걸린 것은
뼈 밖에 없는데
밤이여
사각이며 오거라

습지의 엎드려
울대 감추는
들꿩 울음 들어보렴
햇살 삼키며
날개 접지 않니

붉은 노을도
갈목 안쓰러워
쉬 넘지 못하는구나

그라스캣 핏시*

지닌 게라곤
세월에 들어선
중년의 잔뼈와
초침처럼 돌며
하루를 사는 더듬이

흔들면 모하나
살사춤 춘다한들
늑골에 움츠러드는
변명의 지느러미

바위 틈새마다
비집고 다니는 입질
산호초빛 꿈길 헤집느라
불거진 눈자위만 꺼벙하네

속내 비우고
늘 드러내어도
안에 감추어지는
가시로 사는 삶
어쩔 수 없어라

어둠 속에서
소리 없이 흐느껴도
녹일수록 발산하는
비늘이 있기에
넌
눈부신 빛살 뿜는지 모르지

---

* 글라스캣 피쉬는 뱃속이 들여다보이는 열대어

도심의 겨울나무

자유센터 앞
골다공증을 앓는
한 그루 나무

뼈마디마다
바람을 안고
깡마른 다리로 서서
횡단보도
두 개의 불빛에 눈 맞춘다

푸른 신호등 켜질 때마다
희망 노래 흥얼거리고
깜박이는 붉은 등
크락숀 소리에 비틀거리다가

불시 검문 호루라기 소리
늘 귓전 떠돌며
어둠 속에서 뱅뱅 도는
오색 불빛 안고
온몸 흔들리지만

바리움 한 앰플보다

더 지독한 잠에 취해
잠꼬대로 중얼거린 사랑
긴 餘情으로 서성인다

바람. 햇살. 여자

동전 여섯 개
요금함에 넣고
몇 그램의 무게 덜어낸
몸
가속으로 달려간다

억새풀 숲 출렁이며
어지러이 일다
차창에 부딪혀
하얗게 쓰러지는 바람

빈 주머니 안에
움츠린 햇살
옷깃 추스를 때마다
삶의 뒷자락 비비며
정전기 일으킨다

여자의 니트에서
보푸라기 지어내
창밖으로 흩어지는
가을의 잔웃음

프리즘에 꽂힌
알록달록한 빛살에
꿈 말아 올리며
동그랗게
머리칼을 부풀리는 여자

비는 어둠을 뚫고

어느 날
재즈찻집에서 울리던
닐스란도키의 음률처럼
양철판 두드리는
한밤 중 빗소리

갓 볶아낸
커피 향 닮은
한 잔의 삶
쓰디쓴 에스프레소에
입술 축이며
끝내
슬픈 목젖 안에 삼키어진
가을

되돌이표 없는 악상
떠도는
한 소절 음표들이
어둠을 잘게 부수며

살금이
내 안에 들어와
마디마디 뼈를 흔드는
우울한 소야곡

빗방울과 나

잠자리 어깨 위
빗방울 업혀

한 바퀴 세상 돌아
버찌 알에 머물더니

유리창에 떨어지는
마침표 하나

모라토리움

난
그대에게
더 이상 지불할 눈물이 없다

유월의 뻐꾸기

거기
아무도 없나요

깊은 솔산
켜켜이 달려오는 목울음

무죄예요

무죄예요

쑥을 뜯으며

밟힌 질경이와
토끼풀 잔뿌리 사이에서
비집고 산다는 게
이런 건가 싶네

배추꽃 위
보랏빛 나비의 춤사위도
호박꽃 속드 러나는
벌 떼의 윙윙거림도
다 세상의 수런거림

목덜미 움켜쥔 채
제들끼리 뒤엉킨
오뉴월 풀밭
숨죽여 피어나는
길섶의 풀꽃

몸살기 안고
등 돌려 앉은
여인네
가슴을 뜯어낸다

파꽃에 앉은 나비

제 등 접으며
엎디어
떨고 있는
넌

환희일까
슬픔일까
바람일까

봉긋한 입술 디밀고
흰 살결 속
눈물 한 방울
빨아내다가

풀뿌리보다 질긴
바람
겹겹이 어깨 지고
떠나는

넌
시인
넌
나그네

호르몬

평생 그늘진 터
피워낸
얼굴 검버섯
말라버린 낙엽인 냥
버석거리며

세포에 뿌리내린
긴 여정의 삶
사랑의 약은
찾을 길 없었고

움켜진 옆구리
종양으로
오랜 병치레
혼자 남는 고통이었지

여자가 되고픈 욕망은
한 줄의 처방으로
화들짝
피어난 웃음

리비알 한 알

목에 털어 넣은 뒤
칸나의 수술 닮은
핏줄로
세상길이 환해졌네

이명異鳴

귓속에 들어온 파도소리
떠날 줄 몰라
맴도는 날
진찰대에 앉아 바람 꺼낸다

불빛으로 찾으려 해도
오르내리는 그래프에
우우웅 내지를 뿐
바람은 금세 레이저 빛에 녹아
뜨겁게 실핏줄로 흘러들어
잠결에까지 따라와 숨고

끄트머리 잡히지 않은 채
거센 물결로 달려와
밤새내 뒤척뒤척 앓는다

끌어안고 날을 새우니
지친 바람 실어 나르던
물새 울음
베갯머리로 잦아들고
귓속 뽀루지만
욱신욱신 달아오른다

떠오른 햇덩이 아래
드러나는 개펄
덩그러니 솟은 섬 하나
그대
불쑥불쑥 붉은 수초 흔들며
바람으로 떠돌 뿐이다

앞산을 오르다가

등 뒤의 햇살은
어여 오르라 어르며
어깨 토닥이건만
숲 그늘 북풍은
맵차게 가슴 내모네

때죽나무 갈참나무 사이
오솔길 하나
햇살 더듬어
사랑의 길로만 가라지만
휘어진 길은 멀고

산다는 게 뭔지
쉬어 갈
안식의 그루터기 어딜까

반평생 잘려 나간
몸 그늘 밟고 산 일
한 줄 바람 감아
나이테로
돌아앉을 수 있을까

내 허리춤 부축이며
바람에 흔들리는
풀대궁에게
또 미안한 일이네

어느 가을 날

미술관에 가려고
스카이 리프트를 탔다

몬드리안의 색채처럼
깊은 가을

강 밟고
산 딛고
하늘을 만지다가

부풀은 가슴
바람 속에 띄워놓고
설레이는 가을 날

하늘 끝에서
꼭 움켜잡은
파아란
그림 한 점

덧칠하고 싶다
미술관 지붕 위에

생선 좌판 앞에서

송두리째
속창 앓이 다 끌어내고
배 가른 고등어
한 복판에
소금이 나뒹구네

살점 속
거치적거리는 상념들
초가을 햇살에 녹여
눈꺼풀 내리감고
새들새들 말리는
향수鄕受

온 몸에 바다 향 끼얹고
비늘 한 점 없이 베돌아
사는 동안 껴입은
세월의 무넌지라

채 가슴 못 비운
지난 그리움
나도
소금에 절고 싶구나

산바람에 감겨
－ 태기산에서

태기산 봉우리 휘돌아
억새 흔들어
어지러운 바람에
이리 기울고
저리 기울여 바라보는
저 아랫녘 세상

산노을 걸머진 바람
귀 때리고
등 떠밀며
사는 일 지우라
눈발에 지우라 하지만

옹기종기 마주한 마을
아궁이에 지펴 올린
굴뚝의 연기 같은 이야기
눈 매워도
정 때 묻은 쌈장에
곤드레 나물 비벼 먹던
풋풋한 그리움들이기에

산굽이 걸어와
따듯이 가슴 적시는
먼 샛강은
채 얼어붙지 못한
눈물샘으로
차디찬 들녘의 땅 속
어디메쯤 흐를까

생트집

한 모금 물 떨구지 못하는
하늘 보고
날 적시라 적시라 할 수 없고

갯버들처럼
이 몸 비틀어 비틀어
물기 짜낼 수 없으리

강도 아니요 바다고 아닌 걸
펑펑 쏟아내라 함이 뭔 말이요

먼지만한 벌레도
제 발등 깨물면 아프다 한다는데
낮달만 끌어안고 사는
허허로운 짐승의 가슴이어라

멀쩡한 대낮
천둥소리 울리면
잎사귀 하나 축일까
숨죽여 기다리건만
마른번개
허공만 꼬집네

V

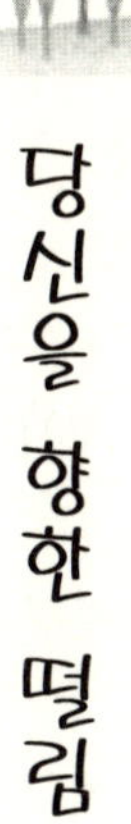

당신을 향한 떨림

세상은 눈 뜨고

손가락으로 우주를 저어
어둠 속에
당신은 불을 켜셨습니다.

말씀 한마디로
별을 띄우시고

물과 하늘 가르시어
땅 끝에 심은 샘
물줄기 돌아
깊이 흐르게 하시니

손길 스쳐 온 땅
구석구석 뿌리까지 적시더니
새로이 눈떠
새들은 지저귀고 파릇한 잎 돋아
꽃향기 퍼지더이다

흙 한 줌 지극히 빚어
입김 부어주신 몸
눈이 부시어
눈이 부시어

이 땅은 비로소
당신의 품에서
빛나는 축제가 되었습니다.

나뭇잎 하나

그대
바람에 길들여진
작은 떨림으로 오소서

바르르 떠는 입술로
뜨겁게 입 맞추소서

발그랗게 열꽃 핀
몸 일으키어
마른 목숨 끼우듯
못다 쓴 편지 갈피에
나를 품으소서

그대 숨결에 뻥 뚫려
눈 쓰라려 잠 못 드는 밤

머뭇거리며
단 한마디 못해도
넉넉한 그대 안에서
보시락거리게 하소서

목련을 보며

바람에 휘말려도
침묵하던 사월의
목련

지난날은
로잘라의 노래도
괜찮았겠지

봄기운에 순응한
순정
끝자락에 피어나
햇살에 휑궈낸
속살
순결로 눈뜨는가

비루한 가슴 열고
투명한 입술로
노래하는 새

희디흰 날개로 울려 퍼지는
너는
눈부신 아침의 아리아

금박산*에서

굳은 날 산을 밝히는
밤꽃
곰삭은 유월의 잔상 끝에
심지 심지
불꽃으로 피어
부시어온다

오르는 산 길목
돌비의 글
그 한 분 사랑한 죄로
순교한 영혼들
깊이 잠들었는데

산자락에 묻힌
한 줌 그대들 목숨
진하게 아리는
이 내음 무얼까

여흔 따라 발길 이은
내 영혼 어디쯤
정결의 시 한줄
풀잎에 써 두어야할 것을

아
금박산 골짜기 낮달처럼
목이 마르다

<hr>

* 용인지역 기독교기념관이 있는 산

돛대로 흘러 가다가

그대
이름을 부를 때
고요한 물결이 됩니다

먼 환희와 고통이 투명해져
바람이 됩니다

그러하기에
아프고 배고플 줄 알았던
그리움
강물이 되는 날

날마다 떠밀려
표류하는 낯선 다다름
그마저 아름다워

눈 감아
다가가 안을 수 없는
긴 기다림의 빈 배
내 안에 떠 흘러갑니다

유리창에 어리는

산山 보고 있으면
와락
안기고 싶다

왼쪽 가슴팍에
귀 묻고 폭
잠들고 싶다

덮을 것이
한 줄 바람 밖에 없어
나
뻐꾸기 울음으로 깃들 때

산을 보고 있으면
유리창에 어리어
더 못가는
상심의 당신

내 안에 푸르게 자라
메아리 도는 사랑
커다란
당신이 산다

이슬방울

여린 풀잎 위로
햇살 한 줌
품으라지요

시름 모두어
맑은 빛
내라지요

거르고 거른
그 눈물
풀밭에 펼치라지요

장미가 피어날 때

유월이 오면
울타리에서
얼른 알아듣지 못할
소릿결 들린다

먼 하늘 더듬어
넝쿨 올리는 장미
속잎 피울 때마다
가시덤불 속
뜨거이 앓으며
눈 뜨는 꽃

안간힘으로 피워낼 때
저 꽃몽오리도
몸살 끼가 도는 걸까

바람결에서
줄장미 따라 햇살 감으며
헛기침을 하는
나

장미 지는 날

또
한 방울
피가 떨어진다

뚫린 옆구리
생채기속에서
축축하게 뿜어 나오는
오월의 바람

묵묵히
나를 없앤 채
피 묻은 살점을 흘리는
당신
담장 가시에 엉켜
허리를 일으키고 있다

당신의 등에서
얼른 내리고 싶다

한 방울 피라도
덜어드리고 싶다

가시의 하루

내 안의 굵은 가시울
둘레를 치고
홀로 머무는 것에 대하여
아무도 말하지 말라

내 어찌
달큰한 유자 맺고 싶지않겠냐만
한 때는
향기롭고 싶었겠지

시방 내겐 쌉쌀한 탱자뿐인걸
핏줄에서 도는 맛이란 게
다 그런 거 아니겠는가

종내 헝클린 옷 입고
다물고 사는 입술
너무 버거워

내 속내부터
절절이 피 흘려야함이
여간 쉽지 않음을

어쩌노
먼저 그대들에게
가시관 씌우는 일을

내 가슴 먼저 찌르는
가시의 하루

낮 바람

왠지
낯익은 바람이다

기침 짖던
유년의 가슴팍을
뚫고 스쳐갔던
박하향 바람

샛노란 하늘에서
빙그르 구르며
창호지 문틈으로
새어 들어오던
한 줄기 숨결

피 묻은
그 분의 손길이다

빈 잔이어도

당혹한 결별
이 손짓으로 인하여
낮아지려합니다

유월이 오는 거리에 숨어
온 몸 터뜨린 꽃잎이려니
나직한 눈길이 되게 하심
한 점 바람에도 떨리게 하소서

사유하심만 있다면
가득 차 오른 향유
그대의 발에 붓게 하소서

지극히 작은 일상 안에
들어오신 그대여
그리하여
낮아진 그대 앞에
빈 잔이어도 좋사옵니다

바람과 플라타너스

살고자
덧없이 살고자
순간 순간 뒤집혀도

나에게
갈채 보낼 넓이로
바람을 안고 싶다

삶의 한 부분이
작열하는 불빛에
녹아내리는
한여름 오후

플라타너스 잎새에
움푹 패이는
로마서 12장 17절*

---

* 로마서 12장 17절 '악을 선으로 이기라'

당신을 향하여 단 한번

헝클어진 머리칼로
잠이 깨이면
손바닥만 한 창틀로 들어오는 빛 안고
부스스
때 묻은 얼굴을 비비며 바라보던 하늘
그 한 쪽의 빛이 있었기에
나날이 무디어져간 내 가슴
단 한 번도 세상 미워해본 적이 없습니다.

어두운 구석에서 쓰디쓴 캡슐 집어 던지며
눈물 젖은 빵 한 쪽 떼어 먹을 때에도
그 때문이라는 투정은 하지 않았습니다

서로 떠 먹여 주어야 할 자리에
당신의 손길은 멀고
살갗에 터져 피가 흐르도록
가시 나뭇가지로 두들겨져야 했던 삶에
따갑다고 할 수 없어
단 한 마디 못한 채
모퉁이 돌아야 했던 발자국들 바라봅니다

당신 향하여

눈멀고
귀 먹은 세월 안고
세상의 시끄러움 듣지 못한 채
조바심하면서
단 하루의 행복 꿈꾸었던 철없는 사랑
당신은 아시나요

끝없이 퍼 올려도 마르지 않고
달디단 샘물로 철철 흘러넘치다가
가슴 깊은 우물 속에 가라앉은
단 하나 나의 아름다운 사랑
영원히 나의 빈자리에 가득 채워질 당신이여

날이 밝으면
또 다시 맑은 새 울음 한 방울 떨구며
바람결에 지나가는 당신이여

창가에 다가와 푸른 하늘 한 움큼을 쥐어주며
등을 다독거려 줄 당신이여

단 한 번
단 한 번이라도

빈 잔으로 남아있는 내 가슴을
채워주소

오소서
단 한 번이라도
내 그리움의 뜨락에 이슬로 내리소서

단 한 번이라도

그리움의 변주가 획득한 형상 미학

박진환
(문학평론가. 문학박사)

1. 前堤

창조하는 가장 깊은 체험을 여성적이라고 하는 것은 그것이 수태하고 분만하는 체험 때문이라고 R.M 릴케의 말은, 한 편의 시가 탄생하는 과정을 여성의 잉태와 분만에 빗대인 것으로서 시를 써본 이면 누구나 체험했던 바이기도 하다.

시의 씨앗을 포태했다가 분만하는 탄생하는 한 편의 시를 분신이라고 하는 것도 이 때문이다.

시인들의 시작 과정은 시인 개개인에 따라 다를 수 있다. 그러나 다른 중에 같은 것이 있다면 시의 착상을 오랫동안 마음의 텃밭에 뿌려두고 싹이 트고 꽃이 피는 열매를 맺게 한 다음 거둔다는 점이다. 가꾸지 않고 싹이 틀 수 없고 자라 꽃이 피고 열매를 맺을 수는 없는 것이 생물이듯이 시도 열매로 거두기까지는 부단한 집중과 노력을 기울인 끝에서만이 가능하다는 걸 시인들은 누구나 체험하고 있다. 이러한 체험을 릴케는 여인의 포태와 분만으로 표현했던 셈이다.

한솔아 시인의 경우도 예외는 아닌 것 같다. 그것

은 시집 「가시도 예전엔 꽃눈이었지」 의 서문격인
序詩에서 같은 체험을 피력하고 있기 때문이다.

기다림으로
살포시 피어오르다
기어이 사그라지는
비눗방울일 줄 알았지요
내 안의 숨결 모두어
그리움 매달고 살아갔던
풍선같은 부풀음
당신은 아시나요

맑은 울림이 그리워
바람 속 헤매던 날
참으로 아득했어요
애절한 그리움이 무엇인지
깊은 눈물이 무엇인지…….
그 마음 손끝에 떨리어
밤새워 끄적이면서
부치지도 못한 편지 한 장으로
알아가던 당신과의 밀회

삶의 골목을 비껴가는 동안
꽃비가 내리던 일방통행길
넝쿨 줄기 돋아난 가시에
눈길만 닿아도 아릿하고
애틋하게 몸부림하던 오월
당신에게 입 맞추고 기대어
점점 무거워가던 몸

등잔불 아래 몰래 감추고
단 한 마디 못한 채
풀잎의 상처에도
눈물겹도록 쓰렸던
그대 분신의 한 톨의 씨앗
내 안에 파고들어 자랐지요

양수에 오므리고 앉아
몸부림하던 태아의 몸짓
내 안에 포옥 묻혀
영혼의 발길질 할 때마다
방 안 어둠을 내몰며
샛별로 떴다가 사라지던
열 달이란 날들

허리가 끊어지듯 아랫배 앓다가
새벽녘에야 해산의 고통 끝에
당신을 닮은 아이
탯줄을 끊고 울음 터뜨립니다
양력 봄월 꽃망울생 아가

햇살이 부시어
이제 갓 배시시 눈망울 뜨는
나의 詩
강보에 포근히 싸서
세상으로 조심스럽게 내보냅니다

　그대 닮은 아이라는 서브타이틀이 붙어 있는　序詩
의 전문이다. 장장 47행의 시를 삭제 없이 제시한데
는 그럴 이유가 있다. 이 시 속엔 한솔아 시인의 시의 원형질이랄까. 바탕이 되어주는 모태랄까는 물론 한 편의 시가 형상화되기까지의 전 과정을 여성의 포태 분만을 빌어 구체적으로 제시해 주고 있기 때문이다.

이 시는 포태분만 아이라는 시의 착상에서 창조까지의 전 과정을 고스란히 펼쳐 주고 있는데 릴케의 체험 시론과 맥락을 같이 하고 있음을 보여 주고 있다.

마치 남녀 간의 사랑을 통해 잉태의 계기를 마련하고 여기에 포태에서 분만까지의 전 과정을 구체화함으로써 意像으로는 분만의 리얼리티를 제시하고 있지만 그 이면에는 한 편의 시를 탄생시키는 시적 창조 과정을 암시하고 있음을 알 수 있게 한다.

문제는 릴케의 체험 시론이 단순한 포태와 분만이라는 등식으로 끝나지 않는다는 데 있다. 그의 체험 시론은 엄격한 의미에서 현대 시법을 제시했던 것으로 풀이해야 온당하다. 시론으로 풀이하면 체험 없이 이미지를 성립시킬 수 없고 이미지 없이 상상력이 개입할 수 없다는 점에서 체험 시론을 체험이미지상상력의 삼위일체를 축으로 해서 한 편의 시를 탄생시키는 현대시의 출발을 말했던 것이 된다.

주지하다시피 이러한 주장을 19c적 관념어나 정서로부터의 도피를 의미했던 도태를 통한 신념의 진입을 의미했던 것이 된다. 정신적이고도 내면적인 애매성을 신념적 체험을 통해 성립시킨 이미지를 구체화함으로서 형상미학의 시작성을 창조해내기 위한 그 기틀을 체험으로 제기했다는 뜻인데 한술아 시인의 시도 이러한 시법에의 충실을 통해 자기의 시를 출발시켰던 것으로 보아줄 수 있을 것 같다. 그것은 序詩에서의 시적 바탕이 되어주고 있는 것들이 여러 경로의 형상화로 재구성되고 있는 것을 발견할 수 있기 때문이다. 이쯤에서 시로 돌아가 보기로 하자.

2. 그, 그리움의 변주와 형상화

한솔아 시인의 시는 언뜻 보면 그리움을 발상으로 해서 자신의 시를 출발시키고 있는 것처럼 보인다. 그것은 그의 많은 시편들이 '그리움'이라는 정서를 전면에 배치하고 있기 때문인데, 몇 편의 시를 예시했을 때 이해를 도울 것으로 여겨진다.

가)
　기다림으로
　살포시 피어오르다
　기어이 사그라지는
　비눗방울일 줄 알았지요
　내 안의 숨결 모두어
　그리움 매달고 살아갔던
　풍선같은 부풀음
　당신은 아시나요

나)
　어둠의 무늬 날려
　일상의 뒷모습으로
　몸부림하며
　그리움 섞어내는
　바람개피 편

다)
　살점에 얹히어

뜨거이 앓은
그리움의 자국
한 점 불티에 뜸 Em이다
빗방울에 갇혀
아아아 몸부림하며
가슴에서 식어버린
꾸둑살

라)
　우—우우우우우……
　가슴앓이 추슬러
　그리움 지운다

　예시 가)는 시 「서시」 첫 연이고, 나)는 「바람개
비 핀을 꽂고 싶다」 의 둘째 연이고, 다)는 「가시도
예전엔 꽃눈이었지」 의 셋째 연, 그리고 라)는 「가을
비에 젖어」 의 종연이다. 이 그 외에도 「별빛 속에
묻는다」 「녹슨 철길에서」 「홀로 떠 흔들리는」 「반
딧불 사랑」 등 무려 20영 편의 시에 그리움이 번져있
다. 이 중에서도 주목을 끄는 것은 예시 가)의 「서
시」 다.

　서시는 앞서 지적했듯 한솔아 시인의 시작법이랄까,
시작 태도를 말해주는 작품으로서 출발 당시부터 시
행 '그리움 매달고 살아갔던'에서 볼 수 있듯이 그의
시가 그리움에서 출발했음을 볼 수 있기 때문이다. 한
솔아 시인의 시가 '그리움'을 발상으로 해서 출발했다
는 것은 그의 시가 단순한 정서였다는 점과는 그 차
원을 달리한다. 그것은 적어도 그의 시적 출발로서의
'그리움'이 G.상드가 지적했던 것처럼 '사랑이란 우

136

리들 혼의 가장 순수한 부분이 미지의 것에 합하여 갖는 성스러운 그리움' 그 것이었기 때문이다.

그리움이 사랑과 혼의 가장 순수한 미지에의 성스러운 것에의 지향으로서의 정서적 분출이었다면 이는 순수에의 지향을 통해 도달하고 싶었던 사랑과 혼에의 접근 방식이었기 때문이다. 더구나 그의 시에 나타난 그리움들은 예시에서도 볼 수 있듯이 순수 그 자체다. 이성에의 못 견디는 그런 순애의 것보다 보다 원천적이고 자연적인 순수 그 자체로서의 그리움이다. 그리고 이 그리움으로 착종하고 기르고 분만했던 것이 시였다는 창조의 등식을 그이 시적 본질을 보다 투명하게 해주는 것이 된다.

문제는 이러한 시의 발상, 추진 에너지로서의 그리움을 어떻게 시적 형상화자로 이동 내지 병용해 내느냐에 있다. 그것은 단순한 그리움의 발상을 통한 그리움의 정서적 유희로는 체험시론의 성과를 거둘 수도 성과를 실현시킬 수도 없기 때문이다.

여기에서 요구되는 것이 한솔아 시인의 시에 나타난 그리움으로 키워 분만한 분신으로서의 시편들이다.

3 분신인 시의 양태

한 편의 시가 시인의 분신이란 시인이 시를 배태하고 분만하는 자이기 때문이다. 그래서 시 속엔 시인의 혼만이 아니라 시인의 피가 흐르고 그 때문에 시인의 생명이 깃들어 있게 된다. 그의 시에 유독 피가 많이 배어나는 것도 이 때문이 아닌가 싶다.

또
한 방울

피가 떨어진다

뚫린 옆구리
생채기속에서
축축하게 뿜어 나오는
오월의 바람

묵묵히
나를 없은 채
피 묻은 살점을 흘리는
당신
담장 가시에 엉켜
허리를 일으키고 있다

당신의 등에서
얼른 내리고 싶다

한 방울 피라도
덜어드리고 싶다

   시 「장미 피는 날」의 전문이다. 물론 이 시는 핏빛 장미꽃이 하나씩 핏방울로 꽃잎을 펼쳐 떨어져 나갈 때를 형상화한 것으로서 단순한 색체감각성을 초월한다. 그것은 한 송이 장미를 통해 채색성으로 미감을 획득하고자 하지 않고 순결의 생명력으로서의 장미를 형상화 하고 있기 때문이다.
   시에 피가 배어나거나 번져 흐르게 한 시편으로는 「가시의 하루」, 「낮바람」「당신을 향하여 단 한 번」 등의 여러 시편들이 있다. 이러한 시편들은 시분만생명이라는 잉태분만 등식과 궤를 같이 한다. 그리고 그 배면에는 생명 곧 시를 사랑하는 그리움의 연소가 작용했다는 등식도 함께 성립시킨다.
그런 사물에 대한 시인의 사랑은 다시 내면의 세계인 정신적 세계를 형상계로 변용시켜 재구성해줌으로써 생명 의식의 또 다른 면을 보여 주기도 한다.

언제부턴가
앙금 일구며
자욱히 가라앉던
내 안의 그대

치맛자락 울걱이는
파도에
그리움 풀어 놓고
못내
아쉬움 추스르면서

거품으로 떠내려간
삶
지친 날개 휘저으며
물결 재우다가

부옇게 뿜어내는
혼자만의 사랑
빈 뱃머리에 묶어 놓은
기다림은 뭘까

등 뒤로 숨은
섬 하나
부여잡고

또 제자리인 것을

파도에 젖은
갈매기 울음 속에서
별 바라기하던
바다
귀 막은 채
새벽의 실어증을 앓는다

　예시는 「내 안의 바다」 전문이다. 내면의 세계에
바다를 펼쳐 놓고 그리움도 함께 풀어 놓고, 거품으로
떠내려간 삶과 사랑을 띄워 다양한 형상으로 재구성
해 가고 있다. 일종의 사랑과 삶으로 형상화 해낸 내
면 풍경을 보고서 '그리움'의 또 다른 변주라고나 할
까. 삶과 기다림과 사랑의 정서적 내면성을 형상으로
재구성해주고 있다. 이러한 내면의 풍경의 제시는 한
솔아 시인이 자칫 떨어지기 쉬운 정서의 함정을 잘
빠져 나오고 있다는 증거 제시가 되는데 일부 시 편
들에서 지우지 못한 정서로부터의 도피를 제대로 해
내고 있다는 것을 보여줌으로써 스스로의 시에 어떤
신뢰를 획득해 준다고 할 수 있다.

한 모금 물 떨구지 못하는
하늘 보고
날 적시라 적시라 할 수 없고

갯버들처럼
이 몸 비틀어 비틀어
물기 짜낼 수 없으리

강도 아니요 바다고 아닌 걸
펑펑 쏟아내라 함이 뭔 말이요

먼지만한 벌레도
제 발등 깨물면 아프다 한다는데
낮달만 끌어안고 사는
허허로운 짐승의 가슴이어라

멀쩡한 대낮
천둥소리 울리면
잎사귀 하나 축일까
숨죽여 기다리건만
마른번개
허공만 꼬집네

시 「생트집」의 전문이다. 정신적 학대랄까, 가학
적 요소를 교묘하게 시로서 형상과 피학 의식을 승화
시켜 주고 있다. 상하가 주종 관계에서 흔히 체험할
수 있는 생트집을 수모와 함께 분노를 불러일으키는
저자의 반응을 선행하기 마련이다. 그런 정서적 처리
를 극복하고 이 시에서는 순화적 시의 차원으로 이끌
어 올려 승화시킴으로써 해소해 주고 있다. 이러한 문
학적 처리 능력이 곧 시적 기능으로서의 카타르시스
다. 그리고 이러한 경우는 한솔아 시인이 '그리움'
이라는 묵시적 이미지만이 아니라 트집이 수반하는
모독과 분노라는 악마적 이미지까지도 시적 승화로
변주 내지는 변증해 낼 수 있다는 것을 보여줌으로써
정저 유희 차원을 넘어선 곳에서 시를 출발시켰음을
확인시켜 주는 것이 된다.

4. 결어

　이상의 지적들은 한솔아 시인의 첫 시집 「가시도 예전엔 꽃눈이었지」 를 일별해 본 소견에 불과하다. 그러나 한솔아 시인의 시가 일부 시 편들이 보여주듯 정서 유희의 함정을 극복하고 시의 형상 미학을 획득함으로써 자신의 시를 풍요롭게 해준다는 조명을 그의 시를 이해하는데 작은 보탬이 될 것으로 믿고 결론에 대신한다.

한솔아 시집
가시도 예전엔 꽃눈이었지

초판 발행 2005년 4월 2일

지 은 이 한솔아
펴 낸 이 권혁상
펴 낸 곳 시지시

등   록 제2002-8호(2002.2.22)
주   소 ㉾411-837 고양시 일산구 장항2동 749.
　　　　　코오롱레이크폴리스Ⅱ A동 419호
전   화 050-555-22222 / (031)812-5221
팩   스 (031)812-5121
홈 페 이 지 http://www.sijisi.com
이 메 일 sijisi@sijisi.com
　　　　　sigaek@korea.com

값 6,000원

ⓒ 한솔아, 2005
ISBN 89-91029-09-4 03810